O SILÊNCIO

DON DELILLO

O silêncio

Tradução
Paulo Henriques Britto

1ª reimpressão

COMPANHIA DAS LETRAS

Copyright © 2020 by Don DeLillo

*Grafia atualizada segundo o Acordo Ortográfico da Língua Portuguesa de 1990,
que entrou em vigor no Brasil em 2009.*

Título original
The Silence: A Novel

Capa
Celso Longo

Preparação
Ana Cecília Agua de Melo

Revisão
Thaís Totino Richter
Valquíria Della Pozza

*Os personagens e as situações desta obra são reais apenas no universo da ficção;
não se referem a pessoas e fatos concretos, e não emitem opinião sobre eles.*

Dados Internacionais de Catalogação na Publicação (CIP)
(Câmara Brasileira do Livro, SP, Brasil)

DeLillo, Don, 1936-
    O silêncio / Don DeLillo ; tradução Paulo Henriques
Britto. — 1ª ed. — São Paulo : Companhia das Letras, 2021.

    Título original: The Silence: A Novel
    ISBN 978-65-5921-065-7

    1. Ficção norte-americana I. Título.

21-59627   CDD-813

Índice para catálogo sistemático:
1. Ficção : Literatura norte-americana   813

Aline Graziele Benitez – Bibliotecária – CRB-1/3129

[2021]
Todos os direitos desta edição reservados à
EDITORA SCHWARCZ S.A.
Rua Bandeira Paulista, 702, cj. 32
04532-002 — São Paulo — SP
Telefone: (11) 3707-3500
www.companhiadasletras.com.br
www.blogdacompanhia.com.br
facebook.com/companhiadasletras
instagram.com/companhiadasletras
twitter.com/cialetras

Não sei com que armas se lutará na Terceira Guerra Mundial, mas na Quarta Guerra Mundial será com paus e pedras.

Albert Einstein

PRIMEIRA PARTE

1.

Palavras, frases, números, distância até o destino.

O homem tocou no botão e sua poltrona deslocou-se da posição vertical. Agora ele olhava para cima, para a mais próxima das telinhas localizadas logo abaixo do compartimento de bagagem superior, palavras e números mudando no decorrer do voo. Altitude, temperatura externa, velocidade, horário de chegada. Ele queria dormir, mas não parava de olhar.

Heure à Paris. Heure à London.

"Olha", ele disse, e a mulher assentiu com um

leve movimento de cabeça, mas continuou escrevendo num caderninho azul.

Ele começou a recitar as palavras e números em voz alta porque não faria sentido, não teria efeito, se ele simplesmente observasse os detalhes que mudavam o tempo todo e os perdesse um por um na mesma hora, no duplo rumor da mente e do motor do avião.

"Está bem. Altitude, trinta e três mil e dois pés. Exato, preciso", disse ele. "Température extérieure, menos cinquenta e oito C."

Ele fez uma pausa, esperando ouvi-la dizer Celsius, mas ela continuou olhando para o caderno na mesa a sua frente e depois pensou por alguns instantes antes de continuar a escrever.

"Está bem. Hora em Nova York, doze e cinquenta e cinco. Não diz se é da tarde ou da noite. Não que seja necessário."

A questão era dormir. Ele precisava dormir. Mas as palavras e números não cessavam.

"Horário de chegada, dezesseis e trinta e dois. Velocidade, quatrocentos e setenta e uma milhas por hora. Tempo até a chegada, três e trinta e quatro."

"Estou me lembrando do prato principal", disse ela. "Também estou pensando no champanhe com suco de cranberry."

"Mas você não pediu."

"Achei pretensioso. Mas estou na expectativa dos *scones* que vão servir mais tarde."

Ela falava e escrevia ao mesmo tempo.

"Gosto de pronunciar a palavra direito", disse ela. "Um *o* breve. Como em *scot* ou *trot*. Ou será que *scone* é longo, como em *moan*?"

Ele ficou observando-a escrever. Estaria escrevendo o que estava dizendo, o que eles dois estavam dizendo?

Disse ela: "Celsius. C maiúsculo. Nome de uma pessoa. Não me lembro do primeiro nome".

"Está bem. E que tal *vitesse*. O que quer dizer *vitesse*?"

"Estou pensando no Celsius e no trabalho dele sobre a escala centígrada."

"Tem também o Fahrenheit."

"Ele também."

"O que quer dizer *vitesse*?"

"O quê?"

"*Vitesse*."

"*Vitesse*. Velocidade", disse ela.

"Velocidade. Setecentos e quarenta e oito *k* por hora."

O nome dele era Jim Kripps. Mas durante todas as horas daquele voo, seu nome era o número de seu assento. Era o procedimento estabelecido por ele mesmo, de acordo com o número carimbado em seu cartão de embarque.

"Ele era sueco", disse ela.

"Ele quem?"

"O sr. Celsius."

"Você conferiu no celular sem eu ver?"

"Você sabe como essas coisas acontecem."

"Elas vêm subindo das profundezas da memória. E quando o primeiro nome do homem chegar a você, vou começar a sentir a pressão."

"Que pressão?"

"Pra me lembrar do primeiro nome do sr. Fahrenheit."

Disse ela: "Volta pra sua tela suspensa no céu".

"Este voo. Todos os voos demorados. Tantas horas. Mais profundo que o tédio."

"Ativa o seu tablet. Assiste a um filme."

"Estou com vontade de conversar. Nada de fone. Nós dois estamos com vontade de conversar."

"Nada de fone", disse ela. "Conversar e escrever."

Ela era a mulher de Jim, pele escura, Tessa Berens, de origem caribenha, europeia e asiática, publicava poemas com frequência em revistas literárias. Também atuava, on-line, como editora de um grupo consultivo que respondia a perguntas de assinantes sobre assuntos que iam da perda de audição ao equilíbrio corpóreo à demência senil.

Ali, no voo, boa parte do que um cônjuge dizia ao outro parecia uma função de algum processo automatizado, comentários gerados pela própria natureza da viagem de avião. Nada das falas derramadas das pessoas em quartos, em restaurantes, onde os movimentos mais expansivos são contidos pela gravidade, falas flutuantes. Todas aquelas horas sobrevoando oceanos ou imensas massas continentais, frases podadas, meio que autoembutidas, passageiros, pilotos, comissários de bordo, todas as palavras esquecidas no momento em que o avião pousa na pista e começa a taxiar infinitamente rumo a uma ponte de embarque desocupada.

Só ele se lembraria de parte daquilo, pensou ele, no meio da noite, na cama, imagens de pessoas dormindo envoltas em cobertores fornecidos pela companhia aérea, parecendo mortas, a comissária alta perguntando se podia servir mais vinho na taça dele, o voo chegando ao fim, o aviso de apertar os cintos sendo apagado, a sensação de liberação, os passageiros de pé nos corredores, esperando, os comissários na saída, tantos agradecimentos e movimentos de cabeça, os sorrisos de um milhão de milhas.

"Procura um filme. Assiste a um filme."

"Estou com muito sono. Distância até o destino, mil seiscentas e uma milhas. Horário em Londres, dezoito e quatro. Velocidade, quatrocentas e sessenta e cinco mph. Estou lendo tudo que aparece. Durée du vol, três e quarenta e cinco."

Ela perguntou: "Que horas é o jogo?".

"Começa às seis e meia."

"A gente vai chegar em casa a tempo?"

"Eu não li o que deu na tela? Horário de chegada, tanto e tanto."

"A gente chega pelo aeroporto de Newark, não esquece."

O jogo. Numa outra vida, ela poderia estar interessada. O voo. Ela queria estar onde estava indo sem aquele episódio intermediário. Voo demorado não era para qualquer um. Ela, claramente, não era qualquer um.

"Heure à Paris dezenove e oito", disse ele. "Heure à London dezoito e oito. Velocidade, quatrocentas e sessenta e três mph. Acabamos de perder duas milhas por hora."

"Está bem, vou te dizer o que estou escrevendo. É simples. Algumas das coisas que a gente viu."

"Em que língua?"

"Inglês elementar. A vaca pulou por cima da Lua."

"A gente tem panfletos, livretos, livros inteiros."

"Eu preciso ver escrito com a minha letra, daqui a vinte anos, se eu ainda estiver viva, e encontrar alguma coisa perdida, alguma coisa que não estou vendo agora, se nós todos ainda estivermos vivos, vinte anos, dez anos."

"Matar o tempo. Tem isso também."

"Matar o tempo. Assumir o tédio. Viver a vida."

"Está bem. Température extérieur, menos cinquenta e sete F", disse ele. "Estou me esforçando ao máximo para pronunciar francês elementar. Distância até o destino, mil quinhentas e setenta e oito milhas. A gente devia ter contatado o serviço de traslado."

"A gente pega um táxi."

"Estas pessoas todas, um voo como este. Elas têm carros esperando. Aquele amontoado nas saídas. Elas sabem exatamente aonde ir."

"Elas despacharam a bagagem, a maioria delas, algumas delas. Nós, não. Vantagem nossa."

"Hora em Londres, dezoito e onze. Horário de chegada, dezesseis e trinta e dois. Esse foi o último horário de chegada. É tranquilizador, eu acho. Hora em Paris, dezenove e onze. Altitude, trinta e três mil e três pés. Durée du vol, três e dezesseis."

Dizer as palavras e números, falar, detalhar, permitia que esses indicadores vivessem por mais algum tempo, oficialmente registrados, ou voluntariamente registrados — o registro audível, pensou ele, de onde e quando.

Disse ela: "Fecha os olhos".

"Está bem. Velocidade, quatrocentas e sessenta e seis milhas por hora. Tempo até a chegada."

Ela tinha razão, não vamos despachar as malas, a gente consegue enfiá-las no compartimento superior. Ele olhava para a tela e pensou no jogo, por um breve instante, esquecendo-se de quem ia jogar contra os Titans.

Hora de chegada, dezesseis e trinta. Température extérieur, menos quarenta e sete C. Hora em Paris, vinte e treze. Altitude, trinta e quatro mil e dois pés. Ele gostou dos dois pés. Realmente, valia a pena registrar. Temperatura exterior, menos cinquenta e três F. Distance à percours.

Os Seahawks, é claro.

Kripps era nome de homem alto e ele era alto, mas de modo não categórico, e para ele não era difícil satisfazer sua necessidade de não se destacar. Ele não era uma cabeça orgulhosa elevando-se sobre uma multidão, e sim um vulto recurvo agraciado com o anonimato.

Então relembrou o processo de embarque, todos os passageiros enfim sentados, refeição prestes a ser servida, toalhas úmidas quentes para as mãos, escova de dentes, pasta de dentes, meias, garrafa d'água, travesseiro vindo com o cobertor.

Haveria um componente de vergonha na presença desses itens? Tinham resolvido optar pela classe executiva apesar do preço, porque a falta de espaço na classe econômica num voo demorado era um desafio que queriam evitar pelo menos uma vez.

Máscara de dormir, hidratante para o rosto, o carrinho com vinhos e destilados que de vez em quando um comissário passa empurrando.

Ele olhava para a tela pendurada no teto e sentia o que lhe parecia ser a sedução da autocomplacência muda. Considerava-se um turista no sentido estrito. Aviões, trens, restaurantes. Ele nunca queria andar bem-vestido. Seria o gesto de um segundo eu falso. Homem no espelho, como ele se impressiona com sua imagem elegante.

"Qual foi o dia em que choveu?", perguntou ela.

"Você está registrando o dia de chuva no seu livro de memórias. O dia de chuva, imortalizado. O sentido de uma viagem de férias é viver a coisa ao máximo. Foi você quem me disse isso. Manter em mente os pontos altos, os momentos e horas vívidas. As longas caminhadas, as refeições excelentes, as adegas, a vida noturna."

Ele não escutava o que dizia porque sabia que era só ar viciado.

"Jardin du Luxembourg, Île de la Cité, Notre-Dame, avariada mas viva. Centre Pompidou. Ainda estou com o canhoto do ingresso."

"Preciso saber o dia em que choveu. É pra poder ler as anotações daqui a uns anos e ver a precisão, o detalhe."

"Você não consegue se conter."

"Eu não quero me conter", disse ela. "Só quero chegar em casa e olhar para uma parede vazia."

"Tempo até a chegada, uma hora e vinte e seis. Vou lhe dizer o que eu não lembro. O nome desta companhia aérea. Duas semanas atrás, na vinda, uma companhia diferente, nada de tela bilíngue."

"Mas a tela te dá prazer. Você gosta da sua tela."

"Ela ajuda a me esconder do barulho."

Tudo predeterminado, um voo demorado, o que pensamos e dizemos, nossa imersão num sobretom único e constante, o ronco do motor, o modo como aceitamos a necessidade de nos adaptar a ele, mantê-lo tolerável, mesmo não sendo.

Uma poltrona que se adapta à necessidade do passageiro de ser massageado.

"Por falar em lembrar. Lembrei agora", disse ela.

"O quê?"

"Saiu do nada. Anders."

"Anders."

"O primeiro nome do sr. Celsius."

"Anders", disse ele.

"Anders Celsius."

Esse fato a deixava satisfeita. Saiu do nada. Não resta mais quase nada do nada. Quando um fato perdido emerge sem ajuda digital, a pessoa anuncia isso à outra com o olhar fixo numa distância remota, o outro-mundo das coisas sabidas e perdidas.

"As crianças neste voo. Bem-comportadas", disse ele.

"Elas sabem que não estão na classe econômica. Têm consciência da responsabilidade."

Ela falava e escrevia ao mesmo tempo, de cabeça baixa.

"Está bem. Altitude, dez mil trezentos e sessenta e quatro pés. Hora em Nova York, quinze e dois."

"Só que estamos indo pra Newark."

"Não precisamos assistir ao jogo desde o comecinho."

"Eu não preciso."

"Eu não preciso", disse ele.

"Claro que precisa."

Ele resolveu dormir por meia hora ou até que um comissário aparecesse trazendo alguma coisa de comer antes que aterrissassem. Chá e doces. O avião começou a sacudir de um lado para o outro. Ele sabia que devia ignorar esse fato, e que Tessa devia dar de ombros e dizer: até agora, voo tranquilo. O aviso de afivelar os cintos começou a piscar, vermelho. Ele afivelou o cinto e olhou para a tela enquanto ela se encolheu ainda mais, o corpo quase se dobrando sobre o caderno. A turbulência ficou séria, altitude, temperatura externa, velocidade, ele não parava de ler a tela mas não dizia nada. Estavam se afogando em ruídos. Uma mulher passou pelo corredor trôpega, voltando para a primeira fileira depois de ir ao banheiro, agarrando-se aos encostos das poltronas para se equilibrar. Vozes no interfone, um dos pilotos em francês e depois um dos comissários em inglês, e ele pensou que poderia voltar a ler em voz alta o que estava na tela, mas concluiu que seria um caso de persistência idiota no meio de uma tensão mental e física. Ela estava olhando para ele agora, não escrevendo e sim apenas olhando, e ele pensou que deveria colocar o assento na posição vertical. Ela já estava nessa posição, e dobrou a mesa e pôs o caderno e a caneta na bolsa a sua frente. Pancadas fortes em algum lugar abaixo deles. A tela se apagou. Piloto falando francês, depois ninguém falando em inglês. Jim agarrou os braços da poltrona, verificou o cinto de Tessa e voltou a apertar o seu. Imaginou que todos os passageiros estavam pensando em ver o noticiário das seis horas, no canal 4, esperando a notícia do desastre aéreo.

"Estamos com medo?", ela perguntou.

Ele deixou que a pergunta ficasse pairando no ar, pensando chá e doces, chá e doces.

2.

Que o impulso dite a lógica.
Era esse o credo do jogador, sua declaração formal de
crença.

Estavam sentados, esperando, diante da televisão enorme. Diane Lucas e Max Stenner. O homem tinha um histórico de apostas volumosas realizadas em eventos esportivos, e aquele era o último jogo do campeonato de futebol, futebol americano, dois times, onze jogadores em cada time, campo retangular com cem jardas de comprimento, linhas de gol com traves nas duas extremidades, o hino nacional cantado por uma semicelebridade, seis Thunderbirds da Aeronáutica dos Estados Unidos riscando o céu.

Max estava acostumado a ser sedentário, a ficar grudado numa superfície, sua poltrona, sentado, assistindo, xingando mentalmente quando um gol de campo falha ou um jogador deixa cair a bola. O xingamento era visível em seus olhos apertados, o direito quase fechado, mas, dependendo da situação do jogo e do tamanho da aposta, podia transformar-se num palavrão estampado no rosto, arrependimento para toda a vida, lábios apertados, queixo tremendo um pouco, a ruga perto do nariz tendendo a prolongar-se. Sem uma única palavra, só essa tensão, e a mão direita alcançando o antebraço esquerdo para coçar à maneira antropoide, primata, enterrando os dedos na carne.

Neste dia, no Super Bowl LVI, ano de 2022, Diane estava sentada na cadeira de balanço a um metro e meio de Max, e entre eles, atrás deles, estava o ex-aluno dela, Martin, trinta e poucos anos, um pouco encurvado para a frente, sentado numa cadeira de cozinha.

Anúncios, intervalos, conversa-fiada pré-jogo.

Max, falando com a cabeça virada para trás: "O dinheiro está sempre lá, o handicap, a aposta em si. Mas eu reconheço conscientemente uma diferença. Aconteça o que acontecer no campo, eu tenho fixo na cabeça o handicap, mas não a aposta em si".

"Muita grana. Mas o valor exato", disse Diane, "ele não me diz. É um território sagrado. Estou esperando ele morrer primeiro para que me diga, no suspiro final, quanto dinheiro jogou fora durante os anos da nossa relação tipo sei-lá-o-quê."

"Pergunta pra ela quantos anos."

O rapaz não disse nada.

"Trinta e sete anos", disse Diane. "Não de infelicidade, mas num estado de rotina massacrante, duas pessoas tão grudadas uma na outra que um belo dia uma vai esquecer o nome da outra."

Teve início uma sucessão de anúncios, e Diane olhou para Max. Cerveja, uísque, amendoim, sabão e refrigerante. Ela se virou para o rapaz.

Disse ela: "O Max não para de assistir. Ele vira um consumidor que não tinha intenção de comprar nada. Cem anúncios nas próximas três ou quatro horas".

"Eu assisto."

"Ele não ri nem chora. Mas assiste."

Duas outras cadeiras, uma de cada lado do casal, prontas para a chegada dos retardatários.

Martin sempre chegava na hora, bem-vestido, barba feita, morava sozinho no Bronx, onde ensinava física para o ensino médio e caminhava pelas ruas sem ser visto. Era uma escola autônoma, alunos talentosos, e ele atuava como guia semiexcêntrico dos alunos na exploração das densas maravilhas da sua matéria.

"No intervalo, de repente eu como alguma coisa", disse Max. "Mas eu fico assistindo."

"E fica escutando também."

"Eu assisto e escuto."

"O volume bem baixo."

"Que nem agora", disse Max.

"A gente pode conversar."

"A gente conversa, escuta, bebe, assiste."

Há um ano Diane vem dizendo ao rapaz que volte para o planeta Terra. Ele mal ocupava uma cadeira, parecia estar presente apenas em parte, um clichê original, diferente dos outros, não uma figura superficial, e sim um homem perdido no estudo compulsivo do *Manuscrito de 1912 sobre a teoria especial da relatividade*, de Einstein.

Ele costumava entrar num transe pálido. Seria uma doença, uma patologia?

Na tela, um locutor e um técnico aposentado discutiam sobre os dois *quarterbacks*. Max gostava de reclamar, dizendo que o futebol profissional tinha sido reduzido a apenas dois jogadores, ficava mais fácil de lidar do que com uma série de unidades sempre mudando.

Faltava apenas um anúncio para o chute inicial. Max ficou de pé e retorceu o torso, para um lado e para o outro, virando-se ao máximo, os pés firmes no chão, e depois ficou olhando para a frente por cerca de dez segundos. Quando ele se sentou, Diane fez um sinal com a cabeça, como se dando permissão para que os eventos na tela prosseguissem conforme o planejado.

A câmera percorreu a multidão.

Disse ela: "Imagina estar lá. Sentado lá no alto do estádio. Qual o nome do estádio? O nome é de que empresa ou produto?".

Ela levantou um dos braços, indicando uma pausa enquanto pensava num nome para o estádio.

"O Arena Descongestionante Nasal Benzedrex."

Max fez um gesto de aplaudir, sem que uma mão chegasse a encostar na outra. Queria saber onde estavam os outros, se o voo deles havia atrasado, se estavam presos no trânsito, e se eles trariam alguma coisa para comer e beber no intervalo.

"Nós estamos bem abastecidos."

"Podemos precisar de mais. Cinco pessoas. Intervalo demorado. Cantar, dançar, trepar — que mais?"

Os jogadores dos times entraram em campo e assumiram suas respectivas posições. O time que daria o chute inicial, o time adversário.

Disse Martin: "O que de fato me deixou envolvido no que estava acontecendo na minha tela foi a Copa do Mundo. Uma competição global. Bola chutada ou cabeceada, não pode pegar com a mão. Tradições antiquíssimas. Países inteiros envolvidos até a alma. Uma religião em comum. O time perde, jogadores se jogam no chão".

"Os que ganham também se jogam no chão", disse Diane.

"Pessoas reunidas em praças públicas enormes

em todos os países, a Copa do Mundo, celebrando, chorando."

"Se jogando no chão na rua."

"Eu assisti uma vez, só um pouco. Os caras fingiam que se machucavam", disse Max. "E que merda de esporte que não pode usar a mão? Não pode usar a mão, só se for o goleiro. É como a repressão de um impulso normal. Olha aqui a bola. Agarra ela e sai correndo com ela. Isso é o normal. Agarrar e jogar a bola."

"A Copa do Mundo", disse Martin de novo, quase sussurrando. "Eu não conseguia parar de assistir."

Então aconteceu alguma coisa. As imagens na tela começaram a estremecer. Não era uma distorção visual comum, tinha profundidade, padrões abstratos que se dissolviam seguindo um pulso rítmico, uma série de unidades elementares que pareciam avançar e depois recuar. Retângulos, triângulos, quadrados.

Eles ficaram olhando e escutando. Mas não havia nada para escutar. Max pegou o controle remoto que estava no chão bem diante dele e apertou várias vezes no botão do volume, mas não havia áudio.

Então a tela ficou escura. Max pressionou o botão de ligar. Ligou, desligou, ligou. Ele e Diane checaram seus celulares. Sem sinal. Ela atravessou a sala e foi até o telefone da casa, o fixo, uma relíquia sentimental. Mudo. O laptop, nada. Ela foi até o computador no cômodo ao lado e tocou em diversos lugares, mas a tela permaneceu cinzenta.

Ela voltou para perto de Max e ficou em pé atrás de sua cadeira, com as mãos nos ombros dele, esperando que ele cerrasse os punhos e começasse a xingar.

Ele disse, calmo: "O que vai acontecer com a minha aposta?".

Olhou para Martin, esperando uma resposta.

"Uma nota preta. Cadê a minha aposta?"

Disse Martin: "Pode ser governança algorítmica. Os chineses. Os chineses assistem ao Super Bowl. Eles jogam futebol americano. Os Bárbaros de Beijing. Verdade mesmo. Eles estão rindo da gente. Deram início a um apocalipse cibernético seletivo. Eles estão assistindo, nós não".

Max olhou para Diane, que estava sentada de novo, olhando para Martin. Ele não era homem de fazer piada com questões sérias. Ou será que essas eram as únicas questões que ele achava engraçadas?

Neste exato momento ouviu-se um fragmento de diálogo vindo da tela apagada. Tentaram identificá-lo. Inglês, russo, mandarim, cantonês? Quando parou, ficaram esperando mais. Olhavam, ouviam, esperavam.

"Não é uma fala terrestre", disse Diane. "É extraterrestre."

Diane não sabia bem se agora era ela que estava fazendo graça. Mencionou os jatos militares que haviam sobrevoado o estádio dez ou doze ou sabe-se lá quantos minutos antes.

Disse Max: "Isso tem todo ano. Nossos aviões, um sobrevoo ritual".

Repetiu a última expressão e olhou para Martin, aguardando uma confirmação de sua eloquência.

Então ele disse: "Um ritual ultrapassado. Já deixamos pra trás todas essas comparações entre futebol e guerra. As guerras mundiais com algarismos romanos, os Super Bowls com algarismos romanos. A guerra é outra coisa, acontecendo em outro lugar".

"Redes ocultas", disse Martin. "Mudando a cada minuto, a cada microssegundo, de maneiras que a gente nem imagina. Olhem pra essa tela escura. O que é que ela está escondendo de nós?"

Disse Diane: "Ninguém é mais inteligente que os chineses, só o Martin".

Max ainda estava olhando para o rapaz.

"Diz uma coisa inteligente", disse ele.

"Ele cita Einstein o tempo todo. Isso é muito inteligente."

"Está bem, uma nota de rodapé do *Manuscrito de 1912*: 'Os belos e aéreos conceitos de espaço e tempo'. Não é inteligente, na verdade, mas eu vivo repetindo isso."

"Em inglês ou alemão?"

"Depende."

"Espaço e tempo", disse ela.

"Espaço e tempo. Espaçotempo."

"Em sala de aula você citava notas de rodapé. Você desaparecia naquelas notas de rodapé. Einstein, Heisenberg, Gödel. Relatividade, incerteza, incompletude. Eu estou bestamente tentando imaginar todas as salas em todas as cidades onde o jogo está sendo transmitido. Essas pessoas todas assistindo com atenção ou sentadas como nós estamos, perplexas, abandonadas pela ciência, pela tecnologia, pelo senso comum."

Movida por um impulso, ela pediu emprestado o telefone de Martin, achando que talvez ele estivesse mais bem adaptado às circunstâncias do momento. Olhou para Max. Queria ligar para as filhas deles, uma em Boston, casada, dois filhos, a outra em algum lugar da Europa, de férias. Apertou botões, sacudiu o aparelho, olhou fixamente, clicou com a unha do polegar.

Nada aconteceu.

Disse Martin: "Em algum lugar no Chile".

Ela ficou à espera.

Disse ele: "Eu estou com o Einstein, independente do que os teóricos revelem ou prevejam ou imaginem a respeito de ondas gravitacionais, supersimetrias e não sei mais o quê. O Einstein e os buracos negros no espaço. Ele previu e aí nós vimos. Bilhões de vezes mais massa que o nosso sol. Ele disse isso há muitas décadas. O universo dele se tornou o nosso. Buracos negros. O horizonte de eventos. Os relógios atômicos. Ver o invisível. Região centro-norte do Chile. Eu disse isso?".

"Você disse tudo."

"O Grande Telescópio de Levantamento Sinóptico."

"Em algum lugar no Chile. Você disse isso."

Max fingiu bocejar.

"Vamos voltar ao aqui-agora. Deu alguma merda nas comunicações que afeta este prédio e talvez o bairro, mas nenhum outro lugar e ninguém mais."

"E aí, o que é que a gente faz?"

"A gente fala com as pessoas que moram neste prédio. Os tais dos nossos vizinhos", disse ele.

Max olhou para ela, depois se levantou, deu de ombros e saiu do apartamento.

Os dois ficaram sentados em silêncio por um momento. Ocorreu a Diane que ela não sabia ficar sentada em silêncio com Martin.

"Alguma coisa para comer."

"Talvez no intervalo. Se algum dia chegar o intervalo."

"Einstein", disse ela. "O manuscrito."

"Pois é, as palavras e expressões que ele riscou. A gente vê o homem pensando."

"O que mais?"

"A natureza do texto escrito à mão. Os números, as letras, as expressões."

"Que expressões?"

"'A força que o campo exerce.' 'O teorema da inércia da energia.'"

"O que mais?"

"'Ponto de universo.' 'Linha de universo.'"

"O que mais?"

"'Weltpunkt.' 'Weltlinie.'"

"O que mais?"

"As páginas em fac-símile ficando menos claras mas só um pouco, até o livro se aproximar do final."

"O que mais?"

"Um estojo protetor, capa dura, páginas de vinte e cinco por trinta e oito centímetros. Um livro grandão, eu pego, sinto o peso, viro as páginas, corro os olhos pelas páginas."

"O que mais?"

"Isso é Einstein, a letra dele, as fórmulas dele, as letras e os números dele. A beleza física das páginas."

Isso era erótico de certo modo, essa conversa. As respostas dele vinham depressa, a voz traindo a ânsia de alguém que até então estava retendo o que importa de verdade.

Ela continuava olhando para a frente, para a tela escura.

"O que mais? Que mais?"

"Quatro palavras."

"Quais?"

"'Teorema adicional das velocidades.'"

"Diz isso de novo."

Ele disse de novo. Ela queria ouvir mais uma vez, mas resolveu que era melhor parar agora. Professora e aluno em posições invertidas.

Martin Dekker. O nome dele completo, ou quase completo. Ela fechou os olhos e disse o nome a si própria. Ela disse: Martin Dekker, você vai viver sozinho para sempre? A tela escura parecia uma resposta possível.

Então virou-se e olhou para ele.

"Mas cadê ele? Cadê os outros?"

"Quem são os outros?"

"As duas cadeiras vazias. Velhos amigos, mais ou menos. Marido e mulher. Voltando de Paris, eu acho. Ou Roma."

"Ou região Centro-Norte do Chile."

"Região Centro-Norte do Chile."

Max voltou e foi direto para a janela do outro lado da sala, olhou para baixo, para as ruas vazias no domingo. Conversaram sobre as portas em que ele bateu e as portas nas quais não bateu. E esse passou a ser o assunto principal, portas como estruturas de madeira que vale a pena descrever, arranhadas, manchadas, recém-pintadas. Naquele andar, os vizinhos mais próximos, por que se envolver. O andar logo abaixo, cinco portas, três respostas, disse ele, levantando a mão, três dedos esticados. Mais um andar abaixo, quatro respostas, duas mencionaram o jogo.

"Estamos esperando", disse ela.

"Eles viram e ouviram o que nós vimos e ouvimos. Ficamos conversando no corredor, virando vizinhos pela primeira vez. Homens, mulheres, balançando a cabeça."

"Vocês se apresentaram?"

"A gente balançava a cabeça."

"Está bem. Uma pergunta importante. O elevador está funcionando?"

"Eu fui de escada."

"Está bem. E alguém faz ideia do que está acontecendo?"

"Uma coisa técnica. Ninguém pôs a culpa nos chineses. Pane no sistema. Também mancha solar. Essa foi uma resposta séria. Um sujeito com cachimbo na boca. Não, eu não disse a ele que é proibido fumar neste prédio."

"Até porque você mesmo fuma. Um charuto de vez em quando", disse ela a Martin.

"Uma mancha solar. Um campo magnético forte. Fiquei olhando pra ele."

"Aquele seu olhar de pena de morte."

"Ele disse que os técnicos vão fazer ajustes."

Max permaneceu junto à janela, repetindo este último comentário num sussurro.

Diane esperava a fala de Martin. Sabia o que queria que ele dissesse. Mas ele não falou. Então ela esboçou uma versão jocosa em forma de pergunta.

"Será que este é o abraço despreocupado que assinala o fim da civilização mundial?"

Ela riu forçado, uma risada rápida e pungente, e ficou esperando que alguém dissesse alguma coisa.

3.

A vida às vezes fica tão interessante que a gente se esquece de ter medo.

Na van, passando pelas ruas silenciosas, Jim esperava que Tessa olhasse para ele a fim de trocarem olhares.

Havia outras pessoas espremidas no veículo, dois comissários de bordo, um homem falando sozinho em francês, um homem falando ao telefone, sacudindo, xingando o telefone. Outros, resmungando. Ainda outros, silenciosos, tentando recuperar o que havia acontecido, quem eles eram.

Eram uma massa trêmula de metal, vidro e vida humana, caída do céu.

Disse alguém: "A gente descia. Eu não conseguia acreditar que estávamos meio que flutuando".

Alguém mais disse: "Flutuando, não sei não. Talvez no começo. Mas a gente bateu com força".

"Foi fora da pista?"

"Aterrissagem de emergência. Chamas", disse uma mulher. "A gente estava deslizando e eu olhei pela janela. Asa pegando fogo."

Jim Kripps tentava relembrar o que tinha visto. Tentava relembrar o medo que sentira.

Tinha um corte na testa, um rasgão, já sem sangue. Tessa olhava para o machucado a toda hora, quase com vontade de tocá-lo; talvez achasse que isso os ajudaria a lembrar-se. Tocar, abraçar, falar sem parar. Os telefones estavam mudos, mas isso não causava nenhuma surpresa. Um dos passageiros havia torcido um braço, perdido dentes. Havia outros ferimentos. O motorista explicou que estavam indo para uma clínica.

Tessa Berens. Ela sabia o próprio nome. Estava com o passaporte, o dinheiro e o casaco, mas sem bagagem, sem o caderno, sem recordação de ter passado pela alfândega, sem lembrança do medo. Estava tentando evocar as coisas com mais clareza. Jim estava ali, e era uma presença sólida, um homem que trabalhava como regulador de sinistros para uma empresa de seguros.

Por que esse fato era tão tranquilizador?

Estava frio e escuro, mas havia uma pessoa na rua fazendo jogging, uma mulher de bermuda e camiseta avançando num ritmo regular na ciclovia. Eles passaram por outras pessoas aqui e ali, apressadas, distantes, umas poucas apenas, ninguém trocando o mais rápido olhar.

"Bastava uma chuva", disse Jim, "pra deixar claro que somos personagens de um filme."

Os comissários estavam em silêncio, os uniformes ligeiramente desalinhados. Duas ou três perguntas dirigidas a eles por outros passageiros da van. Respostas sumárias, depois nada.

"A gente precisa se lembrar de dizer a si mesma que ainda está viva", disse Tessa, alto o bastante para que os outros a ouvissem.

O homem que falava em francês começou a fazer perguntas para o motorista. Tessa tentou atuar como intérprete para Jim.

O motorista reduziu a velocidade, seguindo o ritmo da mulher que fazia jogging. Não tinha resposta para nenhuma pergunta que lhe fosse dirigida em nenhum idioma. Um idoso disse que precisava ir ao banheiro. Mas o motorista não acelerou, claramente decidido a continuar alinhado com a corredora.

A mulher continuava correndo, olhando para a frente.

4.

De como santos e anjos assombram as igrejas vazias à meia-noite, esquecidas pelas multidões diurnas de turistas maravilhados.

Max estava de volta a sua cadeira, maldizendo a situação. A toda hora olhava para a tela escura. Repetia sem parar *Jesus, Jesus Cristo* ou *Cristo, olhai pra isto*.

Diane agora estava posicionada num ângulo do qual podia observar os dois homens. Disse a Max que era uma boa hora para ele preparar o lanche do intervalo. Era possível, não era?, que a transmissão recomeçasse dentro de alguns minutos, o jogo prosseguindo normalmente, e acrescentou que não acreditava nem um pouco no que tinha acabado de dizer.

Max, em vez disso, foi até o armário das bebidas e serviu-se uma dose de um bourbon chamado Widow Jane, envelhecido por dez anos em carvalho americano.

Normalmente ele proclamaria para quem estivesse na sala: *Envelhecido por dez anos em carvalho americano*. Era uma coisa que ele gostava de dizer, com um toque de ironia na voz.

Dessa vez não disse nada e não ofereceu uma dose a Martin. Sua mulher bebia vinho, mas só durante o jantar, não durante o jogo.

Ele pronunciou o nome *Jesus* mais algumas vezes e ficou sentado olhando para a tela, copo na mão, esperando.

Diane olhava para Martin. Ela gostava de fazer isso. Fingia estar examinando-o. Mentalmente o chamava de O Jovem Martin, título de um capítulo de um livro.

Então ela disse em voz baixa: "Jesus de Nazaré".

Martin reagiria tal como ela imaginava?

"O nome radiante", disse ele.

"Nós dizemos isso. Você diz e eu digo. O que dizia o Einstein?"

"Ele disse: 'Sou judeu, mas me fascina a figura luminosa do Nazareno'."

Max olhava de maneira fixa para a tela escura. Olhava e bebia. Diane tentava manter os olhos em Martin. Sabia que o nome *Jesus de Nazaré* continha uma qualidade intangível que o atraía para dentro de sua aura. Ele não era adepto de nenhuma religião específica e não manifestava reverência por nenhum ser supostamente dotado de poderes sobrenaturais.

Era o nome que o fascinava. A beleza do nome. O nome e o lugar.

Max estava inclinado para a frente. Parecia tentar induzir o aparecimento de uma imagem na tela pela força da sua vontade.

Disse Diane: "Roma, Max, Roma. Você lembra. Jesus nas igrejas e nas paredes e tetos dos *palazzos*. Você lembra melhor que eu. Aquele *palazzo* em particular, onde os turistas andavam devagar de uma sala pra outra. Pinturas enormes. As paredes e os tetos. Aquele lugar em particular".

Diane olhou para Martin. Ele não era um homenzinho pequeno, fofinho como uma criança. Ela o encarava como uma mente tentando escapar de seu compromisso com aquele corpo comprido e frouxo, com mãos vagas que mal pareciam estar presas aos braços. Sentia-se culpada por fazê-lo sentar-se numa cadeira de cozinha que nem era estofada.

"Eu tentei inscrever a gente numa visita guiada, mas o Max não deixou. Ele detestava a ideia de seguir um guia", disse ela. "As pinturas, os móveis, as estátuas nas galerias compridas. Tetos abobadados com murais extraordinários. Uma coisa realmente, completamente incrível."

Agora ela olhava para o vazio.

"Qual *palazzo*?", perguntou ela a Max. "Você se lembra. Eu não."

Max bebeu um gole, com um leve meneio de cabeça.

Numa galeria, turistas com fones, imobilizados, vidas suspensas, olhando para a figura pintada no teto, anjos, santos, Jesus com seus trajes, sua vestimenta.

Ela falava com entusiasmo, a cabeça jogada para trás, uma guia turística por um instante.

"Faz quantos anos? Max."

Ele fez apenas outro meneio.

Disse Martin: "A vestimenta dele. Tento pensar num traje amassado, entranhado nessa palavra".

"Outras pessoas levavam audioguias na mão, apertados contra o ouvido. Vozes em sei lá quantas línguas. Até hoje eu penso nelas, antes de adormecer, as figuras imóveis nas galerias compridas."

"Olhando para o teto", disse Martin.

"Max. Foi quando, mesmo, exatamente? Os anos se embaralham. Estou envelhecendo a olhos vistos."

Disse Max: *Esse time está prestes a sair das sombras e aproveitar a situação*".

Ele parecia estar examinando a tela escura.

O rapaz olhou para a mulher, a esposa, a ex-professora, a amiga, a qual não encontrava nada, em lugar nenhum, para olhar.

Disse Max: *Durante essa passagem emocionante, os atacantes insistem, insistem, insistem*".

Ela não queria interromper, dizer alguma coisa, qualquer coisa, e por fim olhou para Martin apenas porque parecia importantíssimo trocar um olhar perplexo com alguém, qualquer um.

Disse Max: "*Evita o* sack, *consegue escapar — interceptado!*".

Era hora de mais um gole de bourbon, e ele fez uma pausa e bebeu. Usava a linguagem de modo confiante, pensou ela, emergindo de um jogo transmitido guardado nas profundezas do inconsciente, décadas e décadas de fala nativa embolada pela natureza do jogo, homens se engalfinhando, um amassando o outro contra o gramado.

"*Corre, corre, a multidão repete, o estádio vibra.*"

Frases pelo meio, palavras soltas, repetições. Diane queria encarar aquilo como uma espécie de cantochão, monofônico, ritualístico, mas depois disse a si própria que isso é uma baboseira pretensiosa.

Max falando do fundo da garganta, a voz da multidão.

"*De-fe-sa. De-fe-sa. De-fe-sa.*"

Ele se levantou, espreguiçou-se, sentou-se, bebeu.

"*O número setenta e sete, fulano de tal, parece perplexo, não é? Pênalti por cuspir na cara do adversário.*"

Disse ele: "*Os dois times estão equilibrados, mais ou menos. Punting do meio do campo. Uma partida eletrizante*".

Diane estava começando a ficar impressionada.

Dizia ele: *"Treinador de ataque. Murphy, Murray, Mumphrey, tentando umas novidades"*.

Ele não parava de falar, mudando de tom, agora tranquilo, equilibrado, convincente.

"Sem fios, tal como você deseja. Suaviza e hidrata. Dá o dobro pelo mesmo preço baixo. Reduz o risco de doenças do coração e da mente."

Então, cantando: *"É uma boa, é uma boa, ele nos abençoa"*.

Diane estava atônita. Será o bourbon que lhe dá esse pique, esse virtuosismo de dialeto esportivo e jargão comercial. Nunca aconteceu antes, nem com bourbon nem com scotch, cerveja, nem maconha. Ela estava gostando daquilo, pelo menos achava que estava gostando, dependendo de quanto tempo ele persistisse naquela narração.

Ou será que é a tela escura, um impulso negativo a provocar a imaginação dele, a sensação de que o jogo está acontecendo em algum lugar no Espaço Profundo fora do frágil alcance da nossa consciência atual, em alguma dobra transracional que faz parte do esquema temporal de Martin, não do nosso.

Disse Max, com uma voz aguda: "*Às vezes tenho vontade de ser humano, um homem, uma mulher, uma criança, para poder provar esse delicioso suco de ameixa*".

Disse ele: "*Financiamento Perpétuo Pós-morte. Comece a preparar o seu de modo exclusivo, on-line*".

Depois: "*O jogo recomeça, segundo quarto, mãos, pés, joelhos, cabeça, peito, virilha, batendo e apanhando. Super Bowl Cinquenta e Seis. Nosso Desejo de Morte Nacional*".

Diane cochichou para Martin que não havia motivo para eles dois não conversarem. O Max tinha o jogo dele e seria impossível importuná-lo.

Disse o rapaz, em voz baixa: "Eu estou tomando um remédio".

"Sei."

"Via oral."

"Sei. Todos nós estamos tomando. Um comprimidozinho branco."

"Tem efeitos colaterais."

"Redondo, ou comprido. Branco, rosa, sei lá."

"Pode ser prisão de ventre. Pode ser diarreia."

"Sei", ela sussurrou.

"Pode ser a sensação de que as outras pessoas estão ouvindo seus pensamentos ou controlando o seu comportamento."

"Acho que disso eu não estou sabendo, não."

"Medo irracional. Desconfiança das pessoas. Posso mostrar a bula", disse ele. "Eu sempre ando com ela."

Max estava coçando o antebraço de novo, dessa vez não com as pontas mas com os nós dos dedos.

Ele disse: *"Vai chutar pro gol do meio do campo — vai nada, vai nada!"*.

A tela. Diane a toda hora virava a cabeça para verificar se ela continuava escura. Ela não entendia por que isso a tranquilizava.

"Vamos descer até o campo", disse Max. *"Esther, conta pra gente o que está acontecendo."*

Ele levantou a cabeça, microfone fantasma na mão, e dirigiu-se a uma câmera bem acima do nível do campo, com o registro mais agudo da voz.

"Aqui, no banco dos reservas, o time está esbanjando confiança, apesar de tantos jogadores machucados."

"Jogadores machucados."

"Isso mesmo, Lester. Falei com o coordenador de ataque, defesa, sei lá. Feliz como pinto no lixo."

"Obrigado, Esther. Agora vamos voltar ao jogo."

Diane começou a perceber que Martin estava falando, ainda que não necessariamente com ela.

"Eu olho no espelho e não sei quem estou vendo", disse ele. "O rosto que me olha não parece ser o meu. Mas por que haveria de ser? O espelho é mesmo uma superfície refletora? E este rosto é mesmo o que as outras pessoas veem? Ou será algo ou alguém que eu invento? Será que o remédio que estou tomando libera esse segundo eu? Eu olho pra esse rosto com interesse. Com interesse e uma certa confusão. As outras pessoas também vivem isso, em algum momento? O nosso rosto. E o que é que as pessoas veem quando andam pela rua e uma olha para a outra? É a mesma coisa que eu vejo? A vida toda, a gente olhando sempre. Pessoas olhando. Mas vendo o quê?"

Max havia parado a narração. Estava olhando para Martin. Ambos olhavam para ele, marido e mulher. O rapaz estava fitando o que se chama de distância média, um olhar fixo e cuidadoso, equilibrado, e continuava a falar.

"Uma maneira de fugir é o cinema. Eu digo aos meus alunos. Eles me ouvem. Filme estrangeiro, preto e branco. Falado numa língua desconhecida. Uma língua morta, uma subfamília, um dialeto, uma língua artificial. Não leiam as legendas. Eu digo a eles de forma explícita. Evitem ler a tradução do diálogo que aparece na parte de baixo da tela. Queremos cinema puro, linguagem pura. Indo-iraniano. Sino-tibetano. Pessoas falando. Elas andam, falam, comem, bebem. O poder inegável do preto e branco. A imagem, o duplo formado por meio óptico. Meus alunos me ouvem. Rapazes e moças inteligentes. Mas nunca parecem estar olhando pra mim."

"Eles estão ouvindo", disse Diane, "e isso é que é importante."

Max estava na cozinha, colocando comida em pratos. Diane teve vontade de sair para dar uma caminhada, sozinha. Ou queria que Max saísse para caminhar e Martin fosse para casa. Cadê os outros, Tessa e Jim e todos os outros, viajantes, viandantes, peregrinos, pessoas em casas e apartamentos e cabanas em aldeias. Cadê os carros e caminhões, os ruídos de trânsito? Domingo de final. Será que todo mundo está em casa ou em bares e clubes à meia-luz, tentando assistir ao jogo? Pense nos milhões e milhões de telas escuras. Tente imaginar os telefones mudos.

O que acontece com as pessoas que vivem dentro de seus celulares?

Max voltou para seu bourbon. Diane percebeu que o rapaz agora estava em pé, não encurvado como de costume, e sim com a cabeça jogada para trás, olhando bem para cima.

Ela pensou por um momento.

"Os tetos pintados. Roma", disse ela. "Os turistas olhando pra cima."

"Totalmente imobilizados."

"Santos e anjos. Jesus de Nazaré."

"A figura luminosa. O Nazareno. Einstein", disse ele.

5.

Sistemas perdidos no cerne da vida cotidiana.

A clínica era uma rede de corredores e salas ao rés do chão, e Jim e Tessa passaram por portas, placas de saída, luzes vermelhas piscando, avisos escritos à mão espetados na parede. Profissionais de saúde passavam apressados, com roupas cotidianas por baixo dos jalecos largos.

Outras pessoas saídas da van entravam em salas ou faziam fila ou ficavam a conversar. Umas poucas permaneciam no veículo, destinação desconhecida.

Havia uma mulher sentada num banquinho baixo em um espaço exíguo, um cubículo.

"A administradora", disse Tessa. "A funcionária."

Eles entraram numa fila comprida de gente aguardando a vez de falar com a mulher. As luzes do corredor a toda hora diminuíam.

Depois de algum tempo, Jim perguntou: "Por que estamos aqui parados?".

"Você está com um machucado."

"Um machucado. Na cabeça. Esqueci."

"Você esqueceu. Deixa eu dar uma olhada", disse Tessa. "Um rasgão. Sem forma. Depois da aterrissagem de emergência, a gente abriu os cintos e saiu correndo de lá assim que deu, e aí eu vi que você estava sangrando."

"Bati com a cabeça na janela."

"Vamos ter paciência e ficar na fila pra ver o que a funcionária naquele banquinho tem a dizer."

"Mas antes."

"Mas antes", ela repetiu.

Saíram da fila e acabaram achando um banheiro livre. Naquele espaço espremido, ele a encostou numa parede nua e ela abriu o casaco e desatou o cinto dele e baixou a calça e a cueca dele e perguntou se a cabeça dele estava doendo e em resposta ele a despiu lenta e cuidadosamente e conversaram sobre o que estavam fazendo, como, onde, quando, sugerindo, instruindo, tentando não rir, o corpo dela deslizando aos poucos parede abaixo, e ele dobrou os joelhos para manter a distância e o ritmo.

Alguém estava batendo na porta, depois falando. *Falta de consideração*. Depois outra voz, com sotaque. Tessa sussurrou uma lista de nacionalidades enquanto completavam o ato e depois limpavam mal e porcamente um ao outro com lenços de papel tirados de uma caixa ao lado do espelho.

Terminaram de se vestir e ficaram se olhando por um longo momento. Esse olhar resumia o dia e a sobrevivência deles e a profundidade da ligação que havia entre eles. O estado das coisas, o mundo externo, isso exigiria um outro tipo de olhar quando fosse apropriado.

Então saíram do banheiro e voltaram pelo corredor. Agora a fila estava bem mais curta, e eles resolveram entrar nela e esperar.

"Acho que a gente pode ir daqui a pé pro prédio deles, se não tiver outra maneira de ir."

"Eles são nossos amigos. Eles vão nos dar comida."

"Vão ouvir a nossa história."

"Vão nos dizer o que eles sabem."

"O Super Bowl. Onde está sendo o jogo?"

"Em algum lugar de clima temperado, com sol e sombra", ele respondeu, "diante de milhares de pessoas gritando."

A mulher no cubículo olhou para eles, mais um par de rostos e corpos, o dia inteiro, gente falando, ouvindo, aguardando instruções a respeito de onde deviam ir, com quem deviam falar, qual corredor, qual porta, e ela assentiu com a cabeça como se já soubesse quem eles eram e o que queriam.

Ela parecia estar colada no banquinho em que estava sentada.

"O nosso avião, a gente fez um pouso de emergência", disse Tessa. "Ele se feriu."

Jim se pôs à frente da mulher, que estava muito abaixo dele, e inclinou-se mostrando o ferimento, sentindo-se como um menino que se machucou na hora do recreio.

"Eu não tenho nada a ver com corpos humanos. Não olho, não pego. Vou mandar vocês para uma sala de exame", disse a mulher, "onde um profissional vai tratar de vocês ou então encaminhar vocês pra outra pessoa em outro lugar. Todo mundo que me procurou hoje tem uma história. Vocês dois, o acidente de avião. Outros, o metrô abandonado, os elevadores emperrados, os prédios comerciais vazios, as lojas com barricadas. Eu digo a eles que nós estamos aqui pra cuidar das pessoas machucadas. Não estou aqui pra dar conselhos a respeito da situação atual. *Qual é* a situação atual?"

Ela apontou para a tela escura no painel de equipamentos na parede à sua frente. Era uma mulher de meia-idade, com botas de cano alto, jeans de trabalho, suéter grosso, anéis em três dedos.

"O que eu sei é o seguinte. Não sei o que aconteceu, mas acabou com a nossa tecnologia. A própria palavra me parece desatualizada, perdida no espaço. Cadê a nossa autoridade pra controlar os nossos equipamentos seguros, nossas capacidades de encriptação, nossos tuítes, trolls e bots. Será que tudo no ciberespaço está sujeito a distorção e roubo? E tudo que a gente pode fazer é ficar maldizendo a nossa sorte?"

Jim continuava curvado diante dela, exibindo o

seu ferimento. A mulher desencostou-se da parede e virou a cabeça para trás para poder olhar para ele.

Disse ela: "Por que é que eu estou falando isso pra vocês? Porque vocês estão saindo de um desastre de avião, ou quase isso, e estão doidos pra saber o que está acontecendo. E porque eu continuo sendo uma garotinha conversadeira quando as circunstâncias permitem".

Disse Tessa: "Nós estamos aqui para escutar".

As luzes do teto piscaram e diminuíram e em seguida se apagaram. Fez-se silêncio de imediato em toda a clínica. Todo mundo esperando. Uma sensação, também, de medo na espera, porque ainda não estava claro o que isso podia significar, o quanto era sério, o quanto era permanente essa aberração numa situação que já estava drasticamente alterada.

A mulher falou primeiro, sussurrando, dizendo a eles onde havia nascido e passado a infância, os nomes dos pais e avós, irmãs e irmãos, escolas, clínicas, hospitais, a voz sugerindo uma calma íntima com um toque de histeria.

Eles esperavam.

Ela continuou, primeiro casamento, primeiro

celular, divórcio, viagens, namorado francês, rebelião nas ruas.

Eles esperaram mais um pouco.

"Estamos sem e-mail", disse ela, recostando-se, virando as palmas das mãos para cima. "Mais ou menos impensável. O que é que a gente faz? Em quem a gente põe a culpa?"

Gestos quase invisíveis.

"Sem e-mail. Tenta imaginar. Repitam. Ouçam. Sem e-mail."

A cabeça dela saltava um pouco a cada sílaba pronunciada. Alguém munido de lanterna estava parado à porta, focando a luz em cada um deles, uma vez e depois outra, e em seguida foi embora sem dizer nada.

Uma pausa breve e então a mulher recomeçou a falar no escuro, agora num sussurro mais intenso.

"Quanto mais avançados, mais vulneráveis. Nossos sistemas de vigilância, nossos dispositivos de reconhecimento facial, nossa resolução de imagens. Como é que a gente sabe quem a gente é? Sabemos que está ficando frio aqui. O que vai acontecer quando a gente tiver que ir embora? Sem luz, sem aquecimento. Ir pra casa, morando onde eu moro, em cima de um restaurante chamado Truth and Beauty, se os metrôs e os ônibus não estiverem funcionando, se os táxis tiverem desaparecido, o elevador no prédio imobilizado, e se isso e se aquilo. Eu adoro o meu cubículo, mas não quero morrer aqui."

Ela se calou por algum tempo. Quando voltaram as luzes, fracas, Jim estava com as costas aprumadas, o rosto sem expressão. Um androide branco alto.

A mulher agora falava com uma voz normal.

"Está bem, já vi o ferimento, e posso garantir que vocês têm que seguir pelo corredor e entrar na terceira sala à esquerda."

Ela apontou na direção correta e depois calçou luvas de lã e apontou mais uma vez, com autoridade.

"E quando terminarem lá, vão fazer o quê?"

"Vamos visitar uns amigos", disse Tessa. "Como estava combinado."

"Como é que vocês vão pra lá?"

"A pé."

"E depois?", perguntou a mulher.

"E depois?", repetiu Jim.

Ficaram esperando que Tessa acrescentasse sua voz àquele dilema básico, mas ela apenas deu de ombros.

Numa outra sala do corredor, um jovem com um jaleco grande demais para ele e um boné na cabeça ficou na ponta dos pés para passar uma medicação na ferida de Jim e depois fazer um curativo caprichado. Jim fez menção de apertar-lhe a mão mas mudou de ideia, e eles saíram.

Na rua, conversaram sobre a mulher que tinham visto fazendo jogging quando estavam dentro da van. Seria animador vê-la de novo. O vento estava feroz e eles caminhavam depressa, de cabeça baixa. A única pessoa que viram foi um homem andando com dificuldade, empurrando um carrinho de supermercado amassado que provavelmente continha todos os seus pertences. Ele parou e acenou para os dois, e então afastou-se do carrinho e deu alguns passos longos, com o corpo dobrado para a frente, imitando os movimentos deles. Eles acenaram para o homem também e seguiram em frente. Num cruzamento importante, o guarda de trânsito digital estava imobilizado, um dos braços um pouco levantado.

Não havia mais nada a fazer senão seguir em frente.

6.

Contagem regressiva de sete em sete no futuro que ganha forma depressa demais.

Havia seis velas espalhadas pela sala, e Diane tinha acabado de acender com um fósforo a última delas.

Perguntou: "Será que este é o tipo de situação em que a gente tem que pensar no que vai dizer antes de abrir a boca?".

"A semiescuridão. Está em algum lugar na mente coletiva", disse Martin. "A pausa, a sensação de ter passado por isso antes. Uma espécie de quebra natural ou intrusão alienígena. Uma sensação de advertência, herdada dos nossos avós ou bisavós ou antepassados mais distantes. Pessoas correndo um risco sério."

"É isso que nós somos?"

"Estou falando demais", disse ele. "Estou fabricando teorias e especulações em série."

O rapaz estava parado perto da janela, e Diane se perguntava se ele estava planejando ir para casa, no Bronx. Imaginava que ele teria de ir a pé até lá, atravessando o East Harlem e pegando uma das pontes. Aquelas pontes eram abertas para pedestres ou só para carros e ônibus? Alguma coisa estaria funcionando normalmente por lá?

Aquele pensamento a enterneceu, fez com que ela pensasse na possibilidade de lhe dar guarida naquela noite. O sofá, um cobertor, nada muito complicado.

Fogão desligado, geladeira desligada. O calor começando a se dissipar nas paredes. Max Stenner estava em sua poltrona, os olhos fixos na tela escura. Ao que parecia, era a sua vez de falar. Diane percebeu isso, assentiu com a cabeça e esperou.

Disse ele: "Vamos comer. Senão a comida fica dura ou mole ou fria ou quente ou sei lá o quê".

Os outros pensaram a respeito. Mas ninguém se moveu em direção à cozinha.

Então Martin disse: "Futebol".

Uma lembrança de como havia começado aquela longa tarde. Ele fez um gesto, estranho para um indivíduo como ele, a ação em câmera lenta de um jogador lançando uma bola de futebol americano, o corpo em posição, o braço esquerdo estendido para a frente, proporcionando o equilíbrio, o braço direito jogado para trás, a mão segurando a bola.

Ali estava Martin Dekker, e lá estava Diane Lucas do outro lado da sala, perplexa com aquela aparição.

Ele parecia perdido naquela pose, mas depois retomou a postura natural. Max estava de novo olhando para sua tela escura. As pausas estavam se transformando em silêncios e começando a aparentar uma normalidade indesejável. Diane esperava que seu marido servisse mais uma dose de uísque, mas ele não parecia interessado, pelo menos não por ora. Tudo que era simples e declarativo, para onde tinha ido?

Disse Martin: "Estamos vivendo numa realidade improvisada? Eu já disse isso? Um futuro que ainda não era pra estar ganhando forma?".

"Uma central elétrica entrou em pane. Só isso", disse ela. "Encare a situação assim. Uma central à margem do rio Hudson."

"Uma inteligência artificial que trai quem nós somos e como vivemos e pensamos."

"As luzes voltam, o aquecimento volta, a nossa mente coletiva retorna pro ponto em que estava antes, mais ou menos, em um ou dois dias."

"O futuro artificial. A interface neural."

Eles pareciam determinados a não olhar um para o outro.

Martin, sem se dirigir a ninguém em particular, começou a falar sobre seus alunos. Origens globais, sotaques variados, todos inteligentes, especialmente selecionados para seu curso, prontos para ouvir qualquer coisa que ele dissesse, para enfrentar qualquer tarefa, qualquer proposta que ele fizesse referente a áreas de estudo além da física. Ele havia recitado nomes para eles. Taumatologia, ontologia, escatologia, epistemologia. Não conseguia se conter. Metafísica, fenomenologia, transcendentalismo.

Parava e pensava e recomeçava. Teleologia, etiologia, ontologia, filogenia. Eles olhavam, escutavam, respiravam o ar viciado. Era para isso que estavam lá, todos eles, alunos e professor.

"E um dos alunos relatou um sonho que ele havia tido. Era um sonho de palavras, não de imagens. Duas palavras. Ele acordou com aquelas duas palavras e ficou olhando pro nada. *Emboscada 'scamoteada*. Escamoteada com apóstrofo na frente. E emboscada. Ele teve que procurar no dicionário a segunda palavra. Como ele pôde sonhar com uma palavra que nunca tinha visto? *Escamotear*. Fazer desaparecer. Mas o verdadeiro mistério era o *apóstrofo*. E as duas palavras juntas. *Emboscada 'scamoteada*."

Ele esperou um tempo.

"Tudo isso no Bronx", disse por fim, fazendo Diane sorrir. "Fiquei ouvindo aqueles rapazes e aquelas moças discutindo a questão, os alunos, meus alunos, e me perguntei o que queria dizer aquele termo. Uma emboscada escondida? Um ataque sendo preparado? E o aluno que tinha sonhado aquilo olhava para mim como se eu fosse responsável pelo que havia acontecido no sonho dele. Tudo culpa minha. Apóstrofo e tudo."

Ouviu-se uma batida na porta. Parecia cansada, os elevadores parados, as pessoas tendo que subir oito andares. Diane estava junto à porta, mas fez uma pausa antes de pegar na maçaneta.

"Eu estava torcendo pra serem vocês."

"Somos nós, por um triz", disse Jim Kripps.

Eles tiraram os casacos e os jogaram no sofá e Diane indicou Martin com um gesto e pronunciou seu nome e houve apertos de mão e abraços pela metade e Max parado em pé com um punho cerrado erguido num gesto de saudação. Ele viu o curativo na testa de Jim e fingiu lhe dar uns socos.

Quando todos estavam sentados, aqui e ali, os recém-chegados falaram do voo e dos acontecimentos que se seguiram a ele e do espetáculo das ruas, da planta ortogonal, todas vazias.

"Na escuridão."

"Tudo apagado, postes de iluminação, lojas, prédios, arranha-céus, todas as janelas em todos os lugares."

"Tudo escuro."

"Uma lua crescente lá no alto."

"E vocês chegando de Roma."

"Estamos chegando de Paris", disse Tessa.

Diane a achava bela, miscigenada, sua poesia obscura, íntima, admirável.

O casal morava no Upper West Side, ou seja, teria que atravessar o Central Park na mais completa escuridão e depois dar uma caminhada ainda mais longa para o norte.

A conversa ficou difícil depois de algum tempo, sombreada pela inquietação. Jim falava olhando para o espaço entre seus pés e Diane agitava os braços indicando acontecimentos transcorridos em algum lugar além do parco alcance deles.

"Comida. Hora de comer alguma coisa", disse ela. "Mas primeiro estou curiosa, queria saber o que foi que serviram no seu voo. Eu sei que estou falando demais. Mas eu faço essa pergunta e as pessoas nunca se lembram. Pode perguntar o que foi que elas comeram a última vez que foram ao restaurante, e mesmo que tenha sido uma semana atrás elas lembram. Não tem problema. Nome do restaurante, nome do prato principal, tipo de vinho, país de origem. Mas comida de avião. Primeira classe, classe executiva, classe econômica, tanto faz. As pessoas não lembram o que comeram."

"*Tortellini* de espinafre e queijo", disse Tessa.

Ninguém falou por um momento.

Então Diane disse: "A nossa comida. Aqui e agora. Comida pra assistir ao jogo".

Martin foi com ela para a cozinha. Os outros ficaram aguardando em silêncio à luz das velas. Logo Tessa começou uma contagem regressiva, contando devagar de sete em sete, de duzentos e três até zero, sem expressão no rosto, trocando de idiomas ao longo do caminho, e por fim a comida chegou, preparada mais cedo por Max, e os cinco indivíduos sentaram-se e comeram. A cadeira da cozinha, a cadeira de balanço, a poltrona, uma cadeira sem braços, uma cadeira dobrável. Nenhum dos convidados falou em voltar para casa depois da refeição, nem mesmo quando Jim e Tessa pegaram seus casacos no sofá e os vestiram de novo, apenas para se aquecer. Martin fechava os olhos enquanto mastigava a comida.

Seria cada um deles um mistério para os outros, por maior que fosse a proximidade entre eles, cada indivíduo tão naturalmente encapsulado que escapava a qualquer determinação final, qualquer avaliação fixa feita pelos outros ali presentes.

Max olhava para a tela enquanto comia, e quando terminou largou o prato e continuou olhando. Pegou a garrafa de bourbon no chão junto com o copo e serviu-se uma dose. Largou a garrafa e segurou o copo com as duas mãos.

Então ficou olhando para a tela escura.

SEGUNDA PARTE

A essa altura já está claro que os códigos de lançamento estão sendo manipulados à distância por grupos ou órgãos desconhecidos. Todas as armas nucleares, no mundo inteiro, pararam de funcionar. Não há mísseis sobrevoando oceanos, nem bombas sendo lançadas de aeronaves supersônicas.

Mas a guerra prossegue, e os termos se acumulam.

Ciberataques, intrusões digitais, agressões biológicas. Antraz, varíola, patógenos. Mortos e feridos. Fome, peste, e o que mais?

Redes elétricas entrando em colapso. Nossas

percepções individuais mergulhando no domínio quântico.

Os oceanos estão subindo depressa? O ar está ficando mais quente, a cada hora, a cada minuto?

As pessoas vivenciam lembranças de conflitos anteriores, o terrorismo se espalhando, um vídeo trêmulo mostrando um vulto aproximando-se de uma embaixada, com um colete-bomba afixado ao peito? Rezar e morrer. Uma guerra que podemos ver e sentir.

Haverá um vestígio de nostalgia nessas lembranças?

Pessoas começam a surgir nas ruas, primeiro desconfiadas, depois num espírito de liberdade, andando, olhando, perguntando, homens e mulheres, aqui e ali um aglomerado de adolescentes, pessoas se ajudando a atravessar a insônia em massa destes tempos inconcebíveis.

E não é estranho que alguns indivíduos pareçam aceitar a pane geral, o apagão? Será que sempre ansiaram por isso, no nível subliminar, subatômico? Algumas pessoas, sempre algumas, uma porção minúscula dos habitantes humanos do planeta Terra, o terceiro planeta contando a partir do Sol, a esfera da existência mortal.

"Ninguém quer chamar isso de Terceira Guerra Mundial, mas é o que é", diz Martin.

Ao que parece, todas as telas escureceram, por toda parte. O que nos resta para ver, ouvir, sentir? Será que alguns eleitos têm um tipo de fone implantado em seus corpos? Uma pergunta séria, diz o rapaz. Será uma proteção contra o silêncio global que marca as nossas horas, minutos e segundos? Quem são essas pessoas? De que modo elas têm acesso às ligações subcutâneas? Haverá um código corpóreo, uma espécie de segunda pulsação cardíaca que transmite um aviso local?

Já passa muito da meia-noite e ele continua falando e Diane continua escutando e os amigos ainda estão lá, Jim Kripps e Tessa Berens, e Max recurvado em sua poltrona.

Energia escura, ondas fantasmas, hackers e contra-hackers.

Software de vigilância em massa que toma suas próprias decisões, por vezes anulando a decisão que ele próprio tomou.

Dados de rastreamento via satélite.

Alvos no espaço que permanecem no espaço.

Todos na sala, todos de casaco, três deles também de luvas, quatro deles aparentemente escutando Martin, a única pessoa em pé, gesticulando de modo abundante enquanto fala.

A sensação de que o tempo avançou. Aconteceu alguma coisa à meia-noite que intensificou a ruptura? E a mudança que a voz de Martin começa a sofrer.

Armas biológicas e os países que as possuem.

Ele recita uma longa lista que é interrompida por um acesso de tosse. Os outros desviam o olhar. Ele enxuga a boca nas costas da mão, depois examina a mão e continua a falar.

Certos países. Outrora defendiam as armas nucleares com ferocidade, agora falam a linguagem do armamento vivo.

Germes, genes, esporos, pós.

Diane começa a perceber que ele está falando com sotaque. Não apenas uma voz falando de uma maneira que não é sua, mas uma voz que pretende ser a de um indivíduo em particular. É a versão de Martin de Albert Einstein falando em inglês.

Ela não tem certeza de que o que ele está dizendo é puramente ficcional. Alguma coisa nele, o tom de voz, o sotaque adotado, a impressão de ter acesso a eventos internacionais, seja lá o que isso for, seja lá de que modo ele consegue obter notícias censuradas. Ele mesmo disse isso, pessoas com um fone implantado no corpo.

Ela tem consciência de que isso é bobagem, tudo isso. Sabe também que há alguma coisa na natureza essencial de seu ex-aluno que torna possíveis tais especulações.

Ela está falando demais de novo, só que agora apenas interiormente.

Ela resolve não comentar nada com os outros a respeito do sotaque que Martin está usando. Agora ele fala em voz mais baixa, acariciando as palavras com as mãos.

Estrutura de ondas, tensor métrico, qualidades covariantes.

Talvez seja complicado demais introduzir Einstein naquela sala. E ela não sabe se esses termos são tirados do *Manuscrito de 1912*, a bíblia de Martin, seu livro de cabeceira, ou apenas ruídos pairando no ar, a linguagem da Terceira Guerra Mundial.

Ele dá a impressão de que ou é brilhante ou é desequilibrado, Martin, não Einstein, enquanto recita os nomes dos cientistas que participaram de uma conferência em Bruxelas em 1927, vinte e oito homens e uma mulher, Marie Curie, madame Curie, nome após nome, sendo que Einstein se refere a si próprio com a voz de Martin como Albert--Einstein-sentado-na-frente-no-centro.

E agora ele passa do inglês com sotaque alemão para alemão propriamente dito. Diane tenta acompanhar o que ele está dizendo, mas rapidamente se perde por completo. Não há nenhum sinal de paródia ou autoparódia. Está tudo na cabeça de Martin, ele sozinho diante do espelho do seu apartamento, só que ele não está lá, está aqui, pensando em voz alta, mergulhando dentro de si próprio, balançando a cabeça.

Os pais de Einstein eram Pauline e Hermann.

Ela compreende essa frase simples, mas não tenta continuar a ouvir. Quer que ele pare e vai dizer isso a ele. Ele está em pé, postura ereta, falando com a maior seriedade, ou como ele próprio ou como Einstein, será que faz diferença?

Max se levanta e se espreguiça. Max Stenner. Max. Basta isso para o jovem se calar.

"Estamos sendo zumbificados", diz Max. "Estamos sendo apaspalhados."

Ele caminha em direção à porta da saída, virando a cabeça para trás para falar com os outros.

"Pra mim, chega disso tudo. Domingo ou segunda? Dia tal de fevereiro. Acabou meu prazo de validade."

Ninguém entende o que ele quer dizer com isso.

Ele fecha o zíper do casaco e sai, e Diane o imagina descendo a escada, um degrau, depois outro. Agora o cérebro dela está funcionando em câmera lenta. Ela quase se sente obrigada a sentar-se à frente da TV no lugar dele, esperando que alguma coisa surja de repente na tela.

Martin recomeça a falar por algum tempo, não mais em alemão, sem sotaque.

Corrida armamentista na internet, sinais de rádio, contrainformação.

"Vazamento de dados", diz ele. "Criptomoedas."

Ele pronuncia esta última palavra olhando diretamente para Diane.

Criptomoedas.

Ela constrói a palavra em sua mente, sem hífen.

Agora os dois estão se entreolhando.

Diz ela: "Criptomoedas".

Não precisa perguntar a ele o que isso quer dizer.

Diz ele: "Dinheiro correndo solto. Não é uma novidade. Sem lastro governamental. Caos financeiro".

"E isso vai acontecer quando?"

"Agora", diz ele. "Já está acontecendo. Vai continuar a acontecer."

"Criptomoedas."

"Agora."

"Cripto", diz ela, fazendo uma pausa, mantendo os olhos fixos em Martin. "Moedas."

Em algum lugar em meio a todas aquelas sílabas, algo de secreto, oculto, íntimo.

Então Tessa fala.

Diz ela: "E se?".

O efeito disso é uma pausa longa, uma mudança de clima. Os outros esperam mais.

"E se isso tudo for uma espécie de fantasia concreta, viva?"

"Mais ou menos transformada em realidade", diz Jim.

"E se a gente não for o que a gente acha que é? E se o mundo que conhecemos estiver sendo todo refeito enquanto estamos aqui, parados, vendo, ou sentados, conversando?"

Ela levanta a mão e balança os dedos soltos, num gesto de conversa-fiada cotidiana.

"Será que o tempo deu um salto para a frente, como diz o rapaz, ou entrou em colapso? E as pessoas das ruas vão virar *flash mobs*, arrombando e invadindo, em todo lugar, em todo o planeta, rejeitando o passado, completamente livres de todos os hábitos e padrões?"

Ninguém vai até a janela para olhar.

"O que vem depois?", diz Tessa. "A coisa sempre esteve quase dentro do nosso campo de visão. A queda de energia, a tecnologia se esvaindo, primeiro um aspecto, depois outro. Já vimos isso acontecer várias vezes, neste país e no resto do mundo, tempestades e incêndios incontroláveis e evacuações, tufões, tornados, secas, neblina espessa, ar poluído. Deslizamentos de terra, tsunamis, rios que desaparecem, prédios inteiros que desabam, o céu escurecido pela poluição. Me desculpem, vou tentar calar a boca. Mas ainda está fresco na memória de todo mundo, o vírus, a peste, as pessoas caminhando pelos terminais dos aeroportos, as máscaras, as ruas das cidades esvaziadas."

Tessa percebe o silêncio que acompanha as suas pausas.

"Dessa tela escura neste apartamento até a situação ao nosso redor. O que é que está acontecendo? Quem é que está fazendo isso? Será que os nossos cérebros foram digitalmente alterados? Nós somos um experimento que por acaso não está dando certo, uma trama desencadeada por forças fora do nosso entendimento? Não é a primeira vez que essas perguntas estão sendo feitas. Os cientistas já disseram coisas, escreveram coisas, os físicos, os filósofos."

No segundo silêncio todas as cabeças se viram para Martin.

Ele fala sobre satélites em órbita que conseguem enxergar tudo. A rua onde moramos, o prédio onde trabalhamos, as meias que estamos usando. Uma chuva de asteroides. O céu apinhado deles. Pode acontecer a qualquer momento. Asteroides que se transformam em meteoritos quando se aproximam de um planeta. Exoplanetas inteiros arrancados das órbitas.

Por que não nós. Por que não agora.

"Basta pensar na nossa situação", diz ele. "Seja lá o que for que existir lá fora, nós somos gente, os cacos humanos de uma civilização."

Ele deixa a expressão pairando no ar. Os cacos humanos.

Tessa começa a desprender-se. Ela se dissolve ao som da voz do rapaz. Afunda-se na própria mente. Vê a si mesma. Ela é diferente daquelas pessoas. Imagina que está se despindo, sem nenhum erotismo, para mostrar-lhes quem ela é.

Fale sério. Esteja aqui. Ou então em algum lugar aqui perto, o quarto. Eles quase morreram, transaram, precisam dormir, e ela olha para Jim, inclinando a cabeça ligeiramente em direção ao corredor.

Jim pergunta a Diane a respeito do quarto. Um voo demorado, um longo dia, uma soneca cairia bem.

Diane vê os dois entrando no corredor. No clima minguante daquela situação extraordinária, ela não se surpreende. Dormir, é claro, é compreensível, depois de passar por aquela experiência. Ela tenta lembrar se fez a cama naquela manhã, se limpou o quarto. Max às vezes limpa; faz a limpeza e depois uma inspeção rigorosa.

Há apenas um quarto, uma cama, mas que fique com Jim Kripps e Tessa como-é-que-se-chama. Eles vão voltar para casa assim que raiar o dia.

Martin está falando de novo.

"As guerras de drones. Tanto faz qual é o país de origem. Os drones se tornaram autônomos."

Martin começa a perceber que ele e Diane são as únicas pessoas ainda na sala.

"Drones sobrevoando a gente. Um dando alerta pro outro. A arma deles, uma forma de língua isolada. Uma língua que só os drones conhecem."

Como foi que isso aconteceu, cinco pessoas reduzidas a duas. A mulher se dá conta de que ainda está sob o domínio das criptomoedas.

Ela pronuncia a palavra e espera a reação dele.

Por fim ele diz: "Criptomoeda, microplástico. Perigo em todos os níveis. Comer, beber, investir. Respirar, inspirar, encher de oxigênio os pulmões. Caminhar, correr, ficar parado. E agora, até na neve mais pura nas florestas alpinas, nas regiões árticas desabitadas".

"O quê?"

"Plástico, microplástico. No nosso ar, nossa água, nossa comida."

Diane tinha esperança de ouvir alguma coisa libidinosa, excitante. Compreende que Martin tem algo mais a dizer e fica a olhar para ele, esperando.

Diz ele: "A Groenlândia está desaparecendo".

Ela se levanta e o encara.

Diz ela: "Martin Dekker. Você sabe o que a gente quer, não sabe?".

Eles podiam ir até a cozinha e ela podia ficar com as costas contra as duas barras verticais da porta da geladeira e eles podiam fazer a coisa de modo rápido, esquecível, dentro do espírito do momento.

Ele desafivela o cinto e baixa a calça. Fica parado, aturdido, com uma cueca xadrez, parecendo mais alto do que nunca. Ela o manda dizer alguma coisa em alemão, e, quando ele o faz, uma afirmação substancial enunciada rapidamente, ela pede uma tradução.

Diz ele: "O capitalismo é um sistema econômico em que os meios de produção e distribuição são propriedade de indivíduos ou empresas, e o desenvolvimento é proporcional ao acúmulo e ao reinvestimento dos lucros obtidos num mercado livre".

Ela faz que sim, com um meio-sorriso, e com um gesto pede que ele levante a calça e afivele o cinto. Sente prazer em imitar o gesto dele de afivelar o cinto. Compreende que fazer sexo com seu ex-aluno pode ser um pequeno tremor obsceno em sua mente, mas está de todo ausente de seu corpo.

Diane crê que ele vai embora e, horrorizada, imagina-o tentando voltar para casa nas circunstâncias atuais, sejam lá quais forem. Em vez disso, Martin dá três passos longos até a cadeira mais próxima, senta-se nela e fica olhando para o vazio.

* * *

No quarto, Tessa pensa em voltar para casa, em estar em casa, no lugar, afinal, onde um não vê o outro, um passa pelo outro, diz *o quê* quando o outro fala, tendo apenas a vaga consciência de um vulto conhecido produzindo ruídos ali perto.

Jimmy está ali perto, ao lado dela na cama, dormindo, tremendo um pouco.

Há um poema no qual ela quer trabalhar, amanhã, no dia seguinte, quando estiver de fato desperta, sentada à sua mesa em casa, o primeiro verso rodando em sua mente há algum tempo.

Num vazio caótico.

Ela vê o verso quando fecha os olhos e se concentra. Vê as letras contra um fundo escuro e então lentamente abre os olhos para o que estiver à sua frente, os objetos dominantes com poucos centímetros de altura, um peso de papel, uma fotografia, um táxi de brinquedo.

Agora Jim está acordado. Ele leva um bom tempo para encenar um bocejo espaçoso. Tessa diz algo num idioma que ele não reconhece e então se dá conta de que é uma invenção, uma língua morta, um dialeto, um idioleto (seja lá o que isso for) ou alguma coisa completamente diferente.

"Em casa", diz ele por fim. "Onde é isso?"

Max está caminhando pelas ruas apinhadas de gente quando relembra, de má vontade, alguma coisa que o rapaz disse, e se pergunta se o que está vendo aqui e agora é um aspecto da mente de Martin Dekker reposicionado em três dimensões.

Será assim também em outras cidades, pessoas enlouquecidas, sem ter aonde ir? As multidões de uma cidade canadense se juntam às daqui? A Europa será uma única multidão impossível? Que horas serão na Europa? As praças públicas estarão amontoadas de pessoas, dezenas de milhares, em toda a Ásia e na África e no resto do mundo?

Nomes de países desfilam em sua cabeça e pessoas tentam falar com ele e umas com as outras e ele pensa na filha com duas crianças e o marido em Boston e na outra filha viajando em algum lugar e por um momento estranho e concentrado e claustrofóbico ele esquece os nomes de todos eles.

Max para e encosta numa parede e fica olhando.

Em outros tempos, mais ou menos normais, sempre há pessoas olhando para o celular, manhã, tarde, noite, no meio da calçada, indiferentes a todos que passam depressa por elas, absortas, mesmerizadas, consumidas pelo aparelhinho, ou andando em direção a Max e depois desviando, mas elas não podem fazer isso agora, todas as pessoas que são dependentes digitais, os celulares silenciados, tudo, tudo, tudo silenciado.

Ele diz a si próprio que é hora de voltar para casa e que ele vai ter que se acotovelar para passar no meio daquela multidão, pessoas engrunhidas de frio, mil rostos por minuto, gente lutando, dando socos, um pequeno tumulto aqui e ali, xingamentos subindo no ar. Ele fica parado por mais alguns segundos, flexionando os ombros para se preparar, e decide que quando chegar a seu prédio vai subir a escada contando os degraus até chegar ao apartamento. Já fez isso antes, mas há muitas décadas não o faz e começa a se perguntar qual o sentido da coisa.

Então mergulha na correnteza de gente.

* * *

Diane, em casa, onde haveria de estar, tenta reprimir uma série de pequenos arrotos agudos.

Diz ela: "Em algum lugar no Chile".

Isso parece querer dizer alguma coisa, mas ela não lembra o quê. Olha para Martin e depois para os outros dois, voltando do quarto. O homem está bocejando e a mulher está quase totalmente vestida, usando meias curtas, mas sem sapatos. Diane murmura algumas palavras grosseiras, debochando de si própria por ceder ao espírito do momento e permitir que o quarto seja usado por visitas obcecadas por sexo.

Mas talvez os dois estivessem apenas descansando. Foi o que eles disseram, e foi o que ela acreditou na hora.

Diz Martin: "O Cerro Pachón na região Centro--Norte do Chile".

"O que é isso?", perguntou Jim.

"O Grande Telescópio de Levantamento Sinóptico."

Ele começa a explicar e então Max entra e abre o zíper de seu casaco. Os outros esperam que ele diga alguma coisa. Max tira o casaco e o joga no chão ao lado do controle remoto, da garrafa de bourbon e do copo vazio. Enche o copo e bebe, sacudindo a cabeça com o choque revitalizante do uísque puro.

O que está acontecendo nas ruas? O que está acontecendo lá fora? Quem está lá fora?

Diz ele: "Melhor vocês não saberem".

Então levanta o copo.

"Widow Jane", diz ele. "Envelhecido por dez anos em carvalho americano. Eu já disse isso?"

Ele bebe e se inclina para a frente e para a esquerda, olhando para os pés de Tessa.

"O que aconteceu com os seus sapatos?"

"Eles foram embora sem mim", diz ela.

Todos se sentem melhor agora.

Martin ainda não terminou. Diz ele: "Os momentos de avanço, os momentos fluidos. As pessoas têm que repetir a si próprias que ainda estão vivas".

Jim Kripps ouve sua própria respiração. Então leva a mão ao curativo na testa, só para verificar, para confirmar que ainda está lá.

95

Dois dos outros estão quase dormindo, Tessa e Max. Diane compreende que está ali para ouvir seu ex-aluno, tal como antigamente ele a ouvia.

"Quando acabar isso tudo, talvez seja a hora de eu abraçar uma morte livre. *Freitod*", diz ele. "Mas estou falando sério ou apenas querendo chamar atenção? E a situação em que estamos. Eu não devia estar em casa, sozinho, no meu quarto? Não é o que as circunstâncias pedem? Não ouvir ninguém, em lugar nenhum. Hora de ficar sentado, imóvel."

Ele toca nas bordas de sua cadeira, confirmando que está sentado.

"Ou será que estou sendo um pouco pretensioso?", diz ele, devagar, prolongando a pergunta, as mãos enrijecendo, o olhar parecendo recuar à medida que ele mergulha naquele estado de transe que Diane já viu antes e que ela classifica como metafísico.

"A minha vida inteira eu estava esperando por isto sem saber", diz ele.

Diane Lucas resolve dizer uma coisa, embora não faça ideia do que vai sair.

"Olhar pro vazio. Perder a noção do tempo. Ir pra cama. Se levantar. Meses e anos e décadas dando aula. Os alunos tendem a escutar. As mais diferentes origens. Os rostos escuros, claros, médios. O que é que está acontecendo nas praças públicas da Europa, os lugares onde eu andei e olhei e escutei? Eu me sinto uma boba. Uma professora universitária que se aposentou cedo demais. Uma possível inspiração para os alunos, um dos quais está sentado ao meu lado aqui agora. O filme do fim do mundo. Pessoas presas numa sala. Mas nós não estamos presos. Podemos sair a qualquer hora. Eu tento imaginar a imensa sensação de confusão lá fora. Meu marido não quer relatar o que viu, mas imagino que esteja uma barafunda na rua, e por que eu reluto tanto em ir até a janela e simplesmente olhar? Mas isso não tinha que acontecer? Não é isso que alguns de nós estamos pensando? Nós estávamos caminhando pra isso. Não há mais surpresa nem curiosidade. Senso de orientação perdido por completo. Coisas demais vindas de um código-fonte estreito demais. E eu só estou dizendo isso porque já passou muito da meia-noite e eu não dormi e não comi quase nada e as pessoas que estão aqui comigo não estão prestando atenção ao que eu estou dizendo? Me diz que eu estou enganada, alguém, mas é claro que ninguém fala. Quero voltar a lecionar, voltar pra minha sala de aula e falar aos meus alunos sobre os princípios da física. A física disso, a física daquilo. A física do tempo. O tempo absoluto. A seta do tempo. O tempo e o espaço. Antes de calar a boca vou citar uma frase do *Finnegans Wake*, um livro que estou lendo de modo intermitente, de vez em quando, há tanto tempo que parece que é desde sempre. Essa frase permanece no lugar adequado na minha mente, a reserva de palavras. *Pré que o saxo espilhasse pelo aporta.* Só mais uma coisa a dizer. Dessa vez a mim mesma. Cala a boca, Diane."

Jim Kripps está sentado numa cadeira, encurvado, olhando para baixo, falando para o carpete, as mãos compridas pendentes.

"Então nós estávamos sentados, meio que dormindo, esperando que servissem um lanche antes do pouso. Aí começou o problema. Nosso avião passou a sacudir de um lado pro outro e a fazer uns estrondos. Acho que a gente ainda não estava perto do aeroporto, da pista de pouso. Pá pá pá. Olhei pela janela, não vi nada, esperei que o piloto tranquilizasse a gente. Aqui está a Tessa sentada ao meu lado, bem como estava no avião. Acho que não olhei pra Tessa porque não queria ver a expressão no rosto dela. O avião estava balançando muito. As vozes no interfone não eram nada tranquilizadoras. É assim que começa, é essa a sensação, todos aqueles milhares de passageiros antes de nós que tiveram essa experiência e depois se calaram pra sempre. Isso me ocorreu na hora, essa história dos milhares, ou será que estou inventando agora que estou falando? Parece que foi há mais de dez anos, mas foi hoje, mais ou menos, algumas horas atrás, quantas horas, o piloto falando francês, o nosso cinto de segurança, o nosso lanchinho antes do pouso, cadê a porra do lanchinho. A Tessa fala francês. Ela traduziu pra mim? Acho que não e que provavelmente ela me fez um favor não traduzindo. Me desculpem por falar sem parar desse jeito, mas aí foi o pouso de emergência, um barulho fortíssimo de foguete e um impacto que parecia a voz de deus, me desculpem, e a minha cabeça bateu na janela, eu fui jogado pro lado, contra a janela, alguém gritando *fogo*, tinha uma asa pegando fogo, e eu senti o sangue escorrendo pra dentro do meu olho e peguei a mão da Tessa, ela está aqui, está dizendo alguma coisa, e do outro lado do corredor uma pessoa meio engasgada, meio que gritando. *Não, não, não.* Pois bem, pra encurtar uma história que já é bem curta, o avião bateu no chão com força e escorregou e sacolejou por um tempo e é claro que naquela hora eu não pude fazer nenhuma associação entre o acidente e o colapso total de todos os sistemas e a minha mão estava no pulso da Tessa e ela olhava pro sangue no meu rosto. É a primeira vez que eu estou tendo oportunidade de pensar no que aconteceu, de relembrar, mesmo. Antes disso, a van, a clínica, a mulher falando, falando, falando, o homem do boné cuidando da minha testa. Depois a rua. Uma moça fazendo jogging.

Max Stenner tenta parecer entediado. Está sentado na poltrona, a poltrona dele, olhos quase fechados.

"A escada. Voltando da rua tomada pelas multidões. Aqui e agora. Contando os degraus. Eu fazia isso quando era garoto. Dezessete degraus pra contar. Mas às vezes o número mudava, ou parecia mudar. Era eu que errava? O mundo estava encolhendo ou se expandindo? Isso naquele tempo. Hoje as pessoas me dizem que não conseguem me imaginar menino. As pessoas me chamavam de Max? Eu cresci numa cidadezinha. Outra coisa que elas não conseguem imaginar. Mãe, irmão, irmã. Sem multidões enfurecidas, sem prédios altos. Dezessete degraus. Era um apartamento alugado, segundo andar de uma casa de dois andares. Nove degraus saindo da garagem, depois mais oito até o nosso apartamento. Um garoto chamado Max. E de repente olha eu aqui, sou pai, tenho um trabalho que me obriga a entrar em prédios de luxo pra inspecionar o subsolo, as escadas, as coberturas, olhando e encontrando violações das normas de segurança. Eu adoro as violações. Elas justificam todos os meus sentimentos a respeito de praticamente tudo. Aqui e agora, nessas horas cruciais, eu saí me acotovelando no meio da multidão pra voltar pra esta rua e este prédio e peguei a minha chave e abri o portão do prédio e nem precisei dizer a mim mesmo, nem vale a pena dizer, que os elevadores não estão funcionando, e comecei a subir a escada devagar, olhando pra cada degrau enquanto subia, andar por andar, e lá pelas tantas eu vi que a minha mão estava no corrimão e resolvi que não queria que ela ficasse ali e continuei subindo e contando, degrau por degrau, andar por andar. Eu gostaria de poder dizer agora que estava revivendo meus tempos de menino, mas na verdade a minha cabeça estava mais ou menos vazia. Só os degraus e os números, terceiro andar, quarto andar, quinto andar, subindo e subindo e subindo, e por fim abri a porta do corredor e peguei a chave do apartamento embaixo do lenço amassado e melecado no meu bolso, e agora que estou aqui acho que não tenho que pedir desculpas por esse relato longo e besta, eu subindo oito lanços de escada, porque a situação atual nos diz que não tem outra coisa a dizer senão aquilo que aparece na nossa cabeça, e que de qualquer modo nenhum de nós vai lembrar depois."

Tessa Berens examina as costas das mãos como se confirmasse a cor, a sua cor, e se perguntando por que está aqui e não em algum outro lugar do mundo, falando francês ou uma espécie de crioulo haitiano fragmentado.

"Há anos, muitos anos, eu escrevo num caderninho. Ideias, lembranças, palavras, um caderninho depois do outro, a essa altura tem um número enorme de caderninhos, empilhados em armários, gavetas de mesas e outros lugares, e de vez em quando eu releio cadernos antigos e fico pasma de ver o que eu achava que valia a pena anotar. As palavras me levam de volta pra um tempo morto. Caderninhos azuis, mais ou menos dezessete por dez centímetros, que cabem no bolso do meu casaco, e eu tenho dezenas de cadernos novos em casa, aguardando a hora de serem usados. Eu levo dois ou três sempre que viajo, e olho e ouço e rabisco alguma coisa numa página. É o meu diário. Não quer dizer nada pra ninguém, só para mim. Pode ser um verso que logo depois eu vou riscar. Pode ser um produto numa prateleira do supermercado, o design da embalagem, o nome do produto, eu pego o caderno e a esferográfica, e por aí vai. Mas agora tudo o que eu queria era ir pra casa. Eu e o Jim. Se a gente tiver que ir a pé, tudo bem, à luz do dia. Será que vai fazer sol? Será que vai mesmo ter um sol no céu? Alguém sabe qual o sentido de tudo isso? A nossa experiência normal está simplesmente sendo imobilizada? Estamos assistindo a um desvio da própria natureza? Uma espécie de realidade virtual? O que me leva a dizer que é hora de calar a boca, Tessa. Quando eu digo isso, tentem entender que não é uma autocrítica, e sim uma coisa pretensiosa. Eu escrevo, eu penso, eu aconselho, eu fico olhando pro nada. É natural numa hora dessas pensar e falar em termos filosóficos como alguns de nós estamos fazendo? Ou será que a gente devia ser prática? Comida, abrigo, amigos, dar a descarga se for possível? Cuidar das coisas físicas mais simples. Tocar, sentir, morder, mastigar. O corpo tem uma mente própria."

Martin Dekker se senta e se levanta. Mais uma vez em pé, ele fala, imerso naquele olhar fixo em lugar nenhum.

"Hora de parar, não é? Mas estou sempre vendo o nome. Einstein. A teoria da relatividade de

Einstein causando tumultos na rua, ou será que estou imaginando isso porque está muito tarde e eu não dormi e quase não comi e as pessoas que estão aqui comigo não estão ouvindo o que eu digo? O Einstein falando sobre coisas que vão além da situação atual, à qual me referi como Terceira Guerra Mundial. O Einstein não tinha nenhuma previsão sobre como ia ser essa guerra, mas deixou claro que o grande conflito seguinte, a Quarta Guerra Mundial, seria com paus e pedras. E a teoria especial, de 1912, cento e dez anos atrás. Manuscrito em tinta marrom, papel sem filigrana, depois o papel melhora e a tinta passa a ser preta. É o que eu levo na cabeça, para o bem ou para o mal. O que mais? Preciso fazer a barba. É isso. Preciso me olhar no espelho e lembrar que é hora de fazer a barba. Mas se eu sair dessa sala e entrar no banheiro, será que vou voltar? Rosto no espelho. Vigilância granular. A tecnoesfera. Verificação em dois fatores. Rastreamento de portal. Não consigo me conter. Estou cercado pelos termos. Às vezes eu tento pensar num contexto pré-histórico. Uma imagem numa pedra, um desenho numa caverna. Todos esses fragmentos indistintos da nossa enorme memória humana.

E o Einstein. Aquela linguagem exuberante. Alemão, inglês. 'Dependência da massa em relação à energia.' Eu quero caminhar com ele no campus de Princeton. Sem dizer nada, em silêncio. Dois homens caminhando."

Então ele diz: "E as ruas, essas ruas. Eu não tenho que ir até a janela. As multidões dispersadas. As ruas vazias".

É o que diz o jovem Martin, olhando para os dedos de suas próprias mãos abertas.

"O mundo é tudo, o indivíduo, nada. Todos nós entendemos isso?"

Max não está escutando. Não entende nada. Está sentado diante da televisão com as mãos entrelaçadas atrás do pescoço, os cotovelos jogados para trás.

Então olha fixamente para a tela escura.

FIM

1ª EDIÇÃO [2021] 1 reimpressão

ESTA OBRA FOI COMPOSTA EM MERIDIEN PELO ACQUA ESTÚDIO
E IMPRESSA PELA GRÁFICA BARTIRA EM OFSETE SOBRE PAPEL PÓLEN BOLD
DA SUZANO S.A. PARA A EDITORA SCHWARCZ EM JUNHO DE 2021

A marca FSC® é a garantia de que a madeira utilizada na fabricação do papel deste livro provém de florestas que foram gerenciadas de maneira ambientalmente correta, socialmente justa e economicamente viável, além de outras fontes de origem controlada.